LE MIRLITON MERVEILLEUX
CONTE BLEU
RACONTÉ PAR JULES ROSTANG
ILLUSTRÉ PAR TELORY
MAISON DUCROCQ, Paris.
Lith. Ch Fernique r de Clichy 15 Paris.

Monté sur un bel éléphant blanc, dont la merveilleuse bedaine avait la propriété de
se gonfler comme un ballon, un vieux Bonze magicien venait d'arriver au pôle austral.
Ses bagages le suivaient sur terre et sous l'eau, conduits par deux gnômes qu'il

avait, pour cela, créés d'un ver de terre et d'un crabe. Ayant aperçu un point dans l'air, qui excita sa curiosité, il dit seulement: 'Perlifico' et un des gnômes apparut à la surface de la mer. Ma lorgnette-monstre! ordonna le magicien. Perlifico disparut et presque aussitôt la lorgnette surgit de terre.

Au moyen de sa lorgnette grossissante notre Bonze reconnut que le point aérien était un petit monde habité. Désireux d'en déterminer l'étendue et l'éloignement, il appelle son autre gnôme Vertigo

qui sort d'un gros œuf d'autruche, et il lui demande ses instruments courants de mathématiques. Pendant ce

temps la lorgnette monstre, pour tromper son appétit, grossit un moucheron qu'elle dévore ensuite.

Déjà, étaient arrivés un compas très bien fendu et un crayon de bonne mine parfaitement taillé de sa personne. Sa découverte

déterminée, le Bonze évoque les feuilles volantes des annales magiques. En flairant dans ce

monde inconnu quelque prodige intéressant, notre personnage avait eu bon nez, et ce fut avec délices qu'après s'être fait de l'immense bouche d'une baleine, qui bâillait au Soleil, un frais cabinet de lecture, il lut l'histoire suivante:

Le jeune roi Berlingo, s'étant longtemps contemplé dans son miroir la réflexion lui vint qu'il était bon à marier. Comme il passait pour bon prince, la fée Gran-de-Taba pensa que ce serait pour elle un mari de bonne prise et essaya de lui jeter de la poudre aux yeux.

Mais séduit par la grâce que mettait à habiller des poupées, la jolie Tapioka, fille d'un vieux marchand de joujoux, charmé surtout par les vertus de l'aimable

demoiselle, il envoya son ministre Casse-Nougat la demander en mariage au bonhomme, dont tous les joujoux se mirent à témoigner leur joie et leur étonnement

Le mariage décidé. Grain - de - Tabac jure de se venger. Elle emploiera la ruse, le père de Tapioka, étant lui - même un vieux magicien... ruiné hélas! Il pourvoie cependant et avec l'aide de ses trois plus merveilleuses marionnettes à la dot de la

jeune fiancée. Cette dot fut un grand mirliton, dans lequel il suffisait de demander, en musique, ce que l'on désirait pour être exaucé, et que l'on vit traîné par des animaux mécaniques amener au

palais du jeune Roi. Ce dernier voulut aussitôt faire l'essai du mirliton Cachée dans la corbeille de mariage, Grain - de - Tabac, qui avait le pouvoir de se rapetisser à volonté, souffle au Prince le vaniteux désir de voir assister à sa noce le Soleil en personne.

Aussitôt Gentil-Volant, transformé en ambassadeur, va porter au soleil qu'il trouve couché, l'invitation d'assister à la noce. L'astre-roi, dont Tapioka était, sans le savoir, petite cousine, se lève et accepte avec tant de chaleur que

Gentil-Volant est obligé de piquer bien vite une tête vers la terre pour ne pas voir son ambassade flambée. Huit jours à l'avance

des dames d'atours commencèrent à parer Tapioka. Pendant ce temps, un nuage passait souvent sur le front du soleil, lequel finit par mander mystérieusement le maître lampiste qui est son perruquier ordinaire.

Le jeune roi ayant, au moyen de son mirliton exprimé, sur l'air de: gai gai, marions-nous, ce désir: je veux que mon mariage soit précédé et suivi de fêtes renversantes. Dès le premier jour on vit des réjouissances, où les orchestres de danse prirent la place des danseurs, et les chevaux de course, celle des jockeys. On y vit des mâts de cocagne auxquels on descendait, et des joutes sur l'eau dans l'air.

Mais voici maitre Télescopus, l'astrologue
royal, qui vient en courant annoncer
qu'un gros nuage semble menacer de faire

boire un bouillon à la fête. Casse-nougat ose alors invoquer
sur l'air de il pleut, il pleut bergère, le secours du carillon
et l'on voit fondre une averse de riflards de robinsons, de pépins.

Au même instant, le capitaine des porte-vessies, l'invincible Barbe-de-paille, après avoir fait
prendre les armes à quatre de ses soldats, venait, de son côté, avertir le roi qu'un gros
pelé qui prétendait être invité à la fête y réclamait la place d'honneur. Berlingo vit

aussitôt la fée Grain-de-Tabac se
tordre, comme une couleuvre, de rire en
se moquant de lui. La vanité l'em-
portant alors dans l'esprit du roi sur

la prudence il s'écria: je n'attends plus que le soleil
que l'on chasse ce pelé, ce malotru. Ce qui fut exécuté
à l'instant même. Ah! si l'on avait su quel était ce pelé

Puis Berlingo commença à se désespérer de voir sa fête obscurcie. La fée qui avait pris la forme d'une grosse guêpe lui bourdonna à l'oreille:

N'as-tu pas ton mirliton? La même vanité fit tomber le roi dans un nouveau piège: à peine eut-il mirlitoné qu'une nuée de corbeaux se transforma en balayeurs aériens.

La nuée balaya le nuage dont elle fit un petit tas qui resta à l'horizon comme un point noir; or, ces nuages servaient à cacher le perruquier-lampiste du soleil qui, armé d'une lanterne dans laquelle étaient placés les rayons de son maître, éclairait les mortels à la place de l'astre qui venait de se

rendre à la noce de Tapioka. Ce tondu, ce pelé, que l'on avait chassé à coups de vessies n'était en effet rien moins que le soleil. Tout confus, le lampiste de ce dernier se hâta de fermer sa lanterne. La fête devint aussitôt un effroyable jeu de colin-maillard, puis un horrible casse-cou, l'épouvante s'étant saisie des assistants qui se mirent à fuir en roulant les uns sur les autres.

Plus prudentes, les Dames étaient restées à leur place. L'idée lumineuse vint alors au capitaine de faire de sa barbe de paille une sorte de torche qu'il alluma. Grâce à ce galant fanal les belles invitées purent sans grand danger se retirer en se tenant à la queue-leu-leu. De son côté,

le roi ayant souhaité pour lui et les siens la faculté d'y voir dans l'obscurité, il vint à tous, à la place de chacune des leurs, des têtes d'oiseaux de nuit. Heureusement, le lever du soleil les fit, le

lendemain, disparaître comme elles étaient venues. L'astre reparut, en effet, au ciel après s'être assuré que son perruquier-lampiste

l'avait convenablement rebichonné. Son visage était cependant nuageux et l'on eut pu entendre le puissant Phœbus murmurer: «A qui pourrais-je confier le soin de punir le prince Berlingo de son sot orgueil...» «A moi! répondit tout-à-coup une voix sifflante. Le soleil releva la tête et vit en rayonnant de joie la fée de Grain-de-Tabac assise sur un des pics inaccessibles des montagnes de la lune, près des quelles il se trouvait alors.

Berlingô et Tapioka ayant enfin été mariés, ils eurent un fils qui fit par sa beauté et sa précoce intelligence l'admiration de toute la cour. Il reçut le nom un peu ambitieux de Splendide.

Berlingo fit à grands frais venir de toutes les contrées du globe la crème des nourrices pour en trouver une qui fut digne de lui donner son lait. Celle que l'on choisit

à Splendide avait bien l'air un peu rustique mais, Grain-de-tabac ayant jeté un charme sur les yeux de tous, personne ne le remarqua.

Au retour d'un voyage qui les a tenus éloignés de leur royaume pendant un mois, Tapioka et Berlingo courent visiter leur fils. Horreur! le berceau du dauphin est occupé par deux oursons assez

mal léchés. Les courtisans sentent la stupeur faire dresser leurs cheveux. Misérable, qu'as-tu fait? dit à la nourrice le jeune roi, en tirant son épée. La paysanne s'enfuit

et une béquille se croise avec cette épée qui se change en une queue d'âne. Grain-de-Tabac vient de surgir d'un fagot, et c'est elle qui porte encore cette botte à Berlingo. Puis elle dit d'une voix chevrotante de haine et de plaisir: Beau dédaigneux, recueille les fruits de l'orgueil et de la vanité;

Deux des dragons qui servent de gendarmes au soleil et ont des foudres pour chevaux, fondent en même temps du ciel. Ils saisissent chacun le roi par une oreille et le transportent aux pieds du trépied sur lequel repose éternellement le feu grégeois entouré

du feu follet, du feu de joie, du feu aux poudres, du feu de cheminée et de vingt autres feux dont il est le père. Cet oracle solaire parle aussitôt de la sorte: Ton fils nourri par une ourse est devenu ourson comme son frère de lait; ainsi sera punie la vanité qui t'a fait chasser le soleil de la noce où tu l'avais invité par orgueil; telle est sa volonté souveraine.

Le feu grégeois ajoute quelques mots encore, qui, par un terrible effet magique, viennent flamboyer dans la fumée du foyer auprès duquel était tombée à demi évanouie la malheureuse Tapioka; elle les lit avec épouvante et s'écrie: Oh! puissé-je être engloutie avec ce berceau dans les entrailles de la

terre; puis elle s'évanouit entièrement. Pendant ce temps son vœu se réalise; elle disparaît avec le berceau, et en reprenant ses sens, se trouve transportée au sein

d'une profonde grotte souterraine. Elle pose alors doucement les oursons sur ses genoux et se met à leur sourire, bien qu'elle ait le cœur déchiré; l'un des deux n'est-il pas son fils?

La guenon apprivoisée du roi s'étant emparé
du mirliton merveilleux, avec lequel elle imitait
ce qu'elle avait vu exécuter, lui faisait alors
produire, faute de direction, toute sorte d'effets.

Dans le même temps un des diables
de ses boites à surprise avertissait le
vieux magicien de tout ce qui se passait.

Pour Berlingo, il s'était retrouvé, tout-à-coup dans son château. Le pauvre roi ayant eu le
malheur de s'écrier: N'y a-t-il pas là de quoi me faire tourner la tête, et les courtisans d'ajouter:
les bras nous en tombent de surprise, on vit la tête royale se mettre à valser comme une toupie, et

les bras se détachent des épaules des seigneurs. L'esprit du roi s'en trouva tellement bouleversé qu'il
ordonna de pendre les deux oursons et la reine. Comme on lui dit qu'ils avaient disparu, le grand
veneur du palais reçut l'ordre de chercher leur piste et de tout disposer pour leur donner la chasse.

Pour sauver Tapioka et son fils, le magicien commença par dépister le grand veneur et son limier en faisant prendre au premier la place du second, et à la bête la place de l'homme. Puis, ayant résolu d'aller consulter le roi et la reine Joujou, il prit, pour arriver plus vite, la forme d'un cerceau.

Pendant qu'un génie aérien le poussait à grands coups d'une baguette d'or, notre homme avait roulé la pensée de faire réfugier Tapioka dans la petite île céleste que les nuages entassés par les balayeurs avaient formée. Mais comment y conduire les fugitifs? Ce fût ce qu'il demanda au roi et à la reine en se prosternant devant eux.

Les deux souverains daignèrent y réfléchir ; et, sur
un signe du roi, des diablotins se mirent à souffler
dans les oreilles d'un pantin. Sa tête se goufla

d'une manière prodigieuse: le premier
ballon était créé. Il emporta dans l'îlot
aérien Tapioka et les deux oursons.

Puis le marchand de joujoux fit d'un beau lévrier un précepteur destiné à
lécher les jeunes ours, et d'une paire de biques des gouvernantes chargées de leur
corner les premiers principes de l'amabilité. Le mirliton merveilleux que le magicien
avait repris à la guenon transporta ces trois personnages auprès de la reine.

Les esprits des marionnettes évoqués par le vieux magicien s'étaient mis, de leur côté, à défricher
l'île céleste; ils y semèrent une infinité de grains dont les plus féconds furent les grains de beauté.

On vit incontinent les roses coquettes s'épanouir de
joie, en écoutant les papillons petits maîtres leur
conter fleurette; on y vit les bluets, les coquelicots
et autres mauvaises graines de Zamius, parmi lesquels
ne manquaient pas les pissenlits, houspiller les pauvres
melons, à qui l'abus de l'eau faisait battre la campagne.

Dans les vergers s'élevèrent le frangipanier chargé de tartes et de petits pâtés, la canne à
sucre qui poussa le raffinement jusqu'à donner des pains avec leurs coiffes de papier, enfin la
vigne, dont les bras noirs et tortus, offrirent le vin en bouteilles, ce qui n'était pas de la petite bière.

Les oursons grandirent dans ce pays merveilleux où, chaque jour le lévrier précepteur les faisait mordre aux principes du savoir-vivre. Tapioka en eut éprouvé une douce joie si des rêves affreux ne lui eussent représenté souvent l'accomplissement de l'oracle solaire: un des deux oursons croquant l'autre.

Rien ne leur avait été dit de cet oracle. Le plus sauvage des deux, qui avait été surnommé Grognon, ne pensait guère qu'à se donner de l'air et employait une partie de son temps à la pêche des oiseaux, aussi passait-il pour très éventé. Son frère de lait s'était, au

contraire, épris de passion pour la plante appelée **Vertu-Chou**, dont on avait fini par lui donner le nom. Il plaisait infiniment plus que Grognon et l'on pouvait aisément voir que ce ne serait pas un garçon à faire chou-blanc dans ses entreprises

Sur la terre, la tête de Berlingo continuait à tourner, et ses courtisans, sans bras, à se désespérer de ne plus avoir la haute main dans le royaume. La fée Grain-de-Tabac, prisant toujours fort la pensée d'épouser le premier et ne voulant pas laisser son ancien projet tomber dans l'eau, se rendit en grande pompe

au palais. Tapioka n'est plus de ce monde, dit insidieusement la vieille fée; que je devienne la reine à sa place, et l'on ne verra plus personne enchanté dans le royaume. Pour commencer on ne

vit plus que des gens verser des ruisseaux de larmes, car tout le monde crut Tapioka morte. Or, les petits ruisseaux faisant les grandes rivières, la ville fût bientôt inondée de pleurs, et les esprits des plus résolus commencèrent à flatter fort.

Presque à la même heure les deux gnômes du
bonze à l'éléphant venaient annoncer à Tapioka
la visite de leur maître. Intéressante reine,
dit celui-ci, vos maux finiraient si le prince,

votre fils, pouvait
épouser la vertueuse
Bul-Bul qui fleurit comme
une douce rose dans le grand
royaume d'Iran. Sa beauté et

sa vertu doivent en effet mettre l'époux qu'elle aura à l'abri de tous les charmes imaginables.
En parlant ainsi, le bonze tira d'une poche son éléphant dilatable et compressible réduit alors
à la grosseur d'un poing, puis il ajouta: Voici une monture à la quelle votre cher fils peut

se fier sans crainte d'être trompé, et qui le conduira à Iran.—J'y enverrai donc les deux
oursons car j'ignore lequel des deux est mon pauvre enfant! soupira Tapioka. Le levrier-précepteur
courut aussitôt, ventre à terre, chercher les petits ours qu'il trouva jouant à Saute-mouton.

Dans le beau royaume d'Iran où de légères chamelles portent les jeunes filles au nez d'or
c'est-à-dire orné d'un riche anneau, s'épanouissait en effet, comme la plus brillante et la

plus douce des splendides fleurs de l'Asie la fille d'un gros Schah; c'était Bulbul. Il ne tarda pas à arriver de toutes les parties du monde des prétendants à la main de la jeune Persane. Il y en avait des blancs, des noirs, des jaunes, des rouges; il en tomba même un de la lune, qui était azuré.

Le mariage de ma fille m'en fera voir de toutes les couleurs,
se disait, en faisant le gros dos, le Schah qui, ne sachant auquel entendre,

consultait inutilement les hauts bonnets du
royaume. De son côté, Bulbul, était moins flattée
qu'anoblie par les prévenances de tous ces
prétendants. En un seul jour, elle reçut de tous côtés,

tant de selams ou bouquets qu'elle faillit
périr sous une avalanche de fleurs. Les
prétendants cherchèrent alors un autre moyen
de lui plaire. Ils résolurent de lui offrir un

22

grand bal. Nous voulons donner du ballet
à la belle Bulbul, dirent-ils au Schah. Les
insolents! s'écria celui-ci; qu'on leur donne
du balai à eux-mêmes! L'exécution de cet ordre

fut suivie d'un jeté battu général qui fit
sauter les danseurs dans un étang, où ils jurent
tous sur une feuille de lotus, d'oublier Bulbul.
Le Schah tomba alors dans une sombre mélancolie,

pendant laquelle il voyait son trône occupé par une simple Schatte. Cependant, un joli mirliton, faisant l'office d'ambassadeur, apporta un message tellement griffonné qu'il ne fallut rien moins, pour le déchiffrer, que les deux plus savants persés avec leurs regards perçais. C'était une

double demande en mariage revêtue de la griffe des deux oursons. «Par mon cimeterre! dit à Bulbul le Schab, en montrant alors une volonté de fer, il faut que tu épouses l'un des deux, ou je tranche la question en te coupant le cou!—Qu'ils m'envoient donc leur portrait, afin que je

puisse choisir, répandit la petite Schatte toute effarouchée. Cette réponse portée à Grognon, il s'empresse, avec l'intention de l'envoyer comme son propre portrait, de faire sournoisement un croquis de son frère de lait, le plus beau des deux. A peine le croquis fut-il achevé que Vertuchou qui était le fils de Tapioka, apparut sous la forme du prince le plus aimable. L'oracle solaire était accompli; l'un des oursons avait croqué l'autre.

Huit jours plus tard, un mariage splendide unissait le prince Splendide à Bulbul. La cérémonie nuptiale s'accomplit sous les yeux de Berlingo aussi enchanté d'être désenchanté avec toute sa cour, que d'avoir retrouvé la douce Tapioka. Tous nos autres personnages étaient présents voire même Grognon qui avait repris sa forme animale et devait rester au milieu d'eux comme un épouvantail contre la vanité. Ainsi se termine cette merveilleuse histoire signée d'un nom tellement illisible que nous le remplaçons par celui de votre serviteur:

Jules Rostaing.